Journée de folie

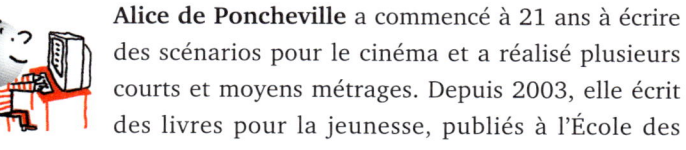

Alice de Poncheville a commencé à 21 ans à écrire des scénarios pour le cinéma et a réalisé plusieurs courts et moyens métrages. Depuis 2003, elle écrit des livres pour la jeunesse, publiés à l'École des Loisirs. Elle a reçu le prix de la Société des gens de lettres en 2004 pour son ouvrage *Je suis l'arbre qui cache la forêt*. Elle vit à Paris.

Benjamin Bachelier est né à Grenoble en 1975. Après avoir étudié aux Beaux-Arts d'Angoulême, il illustre des livres, crée des bandes dessinées et des films d'animation. Il vit et travaille à Paris.

Du même illustrateur dans Bayard Poche :
La clef magique (J'aime Lire)

© 2013, Bayard Éditions
© 2011, magazine *D lire*
Tous droits réservés. Reproduction, même partielle, interdite.
Dépôt légal : janvier 2014
ISBN: 978-2-7470-4553-7
Maquette : Fabienne Vérin
Loi 49-956 du 16 juillet 1949 sur les publications destinées à la jeunesse
Imprimé en France par Pollina - L66207A

Journée de folie

Une histoire écrite par Alice de Poncheville
illustrée par Benjamin Bachelier

bayard jeunesse

1
Rien ne va plus !

J'ai commencé à me douter de quelque chose hier soir, quand Maman s'est activée comme une folle dans la maison. Elle m'a montré le réfrigérateur, l'a ouvert et m'a dit :
– Regarde, il y a du jambon et du poulet rôti. Ici, c'est un petit gratin de courgettes. Tu sais comment on fait pour le réchauffer ?

Bizarre, ai-je pensé, cette présentation du frigo. Est-ce qu'elle voulait que je fasse la connaissance des aliments comme s'ils étaient de nouveaux amis ?

Ensuite, elle m'a emmené dans ma chambre et nous en avons fait le tour.

– J'ai rangé tes affaires dans la commode. Elles sont propres. Là, tu as les tee-shirts et les pantalons, et là, les sous-vêtements. Et tu prends une douche !

Je l'ai dévisagée. Elle a froncé les sourcils et m'a demandé :

– Quoi ? J'ai quelque chose de bizarre sur la figure ?

Non, Maman, t'es normale, j'ai pensé. Enfin, t'es étrange… Pourquoi tu me fais visiter l'appartement ? Je le connais, tu sais !

– Ah ! s'est-elle exclamée en s'affaissant un peu sur elle-même. J'ai oublié de te dire l'essentiel. Je dois partir pour un jour. Vingt-quatre heures.

J'ai dû faire une drôle de tête parce qu'elle a tout de suite enchaîné :

– Je sais, ça doit te faire un peu peur. Mais tu es grand, n'est-ce pas ? Ce n'est rien qu'une journée et… une nuit… Un séminaire organisé par mon entreprise… Je ne peux pas faire autrement…

Bon, en effet, je n'étais pas très rassuré. Cet appartement, nous venons d'y emménager il y a quinze jours, en plein milieu des grandes vacances, et nous sommes à peine installés. Au centre du salon, il y a encore un tas de cartons et la chambre de Maman ressemble à un vide-grenier.

Le lendemain matin, donc, très tôt, Maman est partie après m'avoir fait mille recommandations supplémentaires. J'ai trouvé des petits mots d'elle partout.

Au-dessus de la cuisinière : « ATTENTION ! Bien fermer le gaz. »

Dans la salle de bains, écrit sur le miroir : « LES DENTS : c'est DEUX fois par jour. » Sur la porte d'entrée : « LES CLÉS ! Garde-les dans ta poche. » Elle avait dû marquer tout ça pendant la nuit.

Maintenant, la porte s'était refermée sur moi et j'étais tout seul. Bon. Après tout, ce n'était pas si grave que ça. J'ai onze ans. Je suis grand.

Quelques minutes plus tard, on a sonné. Je me suis dit que Maman avait oublié son téléphone portable et, en effet, je l'ai aperçu sur la commode. Je m'en suis saisi pour le lui donner dès qu'elle ouvrirait. Mais quand j'ai ouvert la porte, ce n'était pas Maman. C'était Caroline, la voisine du cinquième. On a fait connaissance parce qu'elle a emménagé cet été en même temps que nous. Son mari n'est jamais là, il est routier.

– Oh ! Mathieu ! J'accouche ! J'accouche !

Je me suis demandé si elle allait vraiment accoucher là, dans l'escalier, quand elle a continué de plus belle :

– Je vous laisse Igor, c'est convenu avec ta mère ! Tiens, son sac !

Je n'ai pas eu le temps de lui dire que Maman était partie, que Caroline a poussé Igor devant elle et s'est ruée vers la sortie en tenant son ventre.

Le petit a levé la tête vers moi et m'a tendu la main en prononçant un « aglabou Maman, sequoila toi ». Je n'ai pas tout saisi. Il faut dire que j'avais un peu l'impression d'avoir reçu un coup de massue sur la tête.

J'ai emmené Igor dans la salle à manger et nous sommes restés un moment debout au milieu des cartons, aussi désemparés l'un que l'autre. Enfin, moi, un peu plus que lui, je crois, parce qu'Igor, il commençait déjà à tirer un bout de tissu qui sortait d'un carton. Je le lui ai donné, puis je me suis assis pour réfléchir. Je ne voyais pas du tout comment j'allais faire. J'ai regardé dans le sac d'Igor en me disant qu'il y aurait peut-être un mode d'emploi, mais il y avait juste un pyjama et une tétine. Bon. Mon cœur s'est mis à battre la chamade et quelque chose s'est serré en moi. Je crois bien que c'était la trouille qui me prenait. Je suis allé faire pipi. En sortant des toilettes, j'ai entendu un hurlement. Igor était allongé par terre et battait des jambes à la façon d'un scarabée qui serait tombé sur le dos. Je l'ai remis debout, il m'a souri puis m'a donné un grand coup de poing. La vache ! C'est fort, un petit !

– Tout doux ! lui ai-je dit. Viens, on va voir ma chambre.

– Veux jouer !

Mais jouer avec quoi ? Je ne voyais pas ce qu'un enfant si petit pourrait trouver amusant. Toute ma collection de moulages s'alignait sur mon bureau, mais ce n'était pas une super idée, vu que les moulages, ça casse. Igor a pris la vieille tortue qui dormait tranquillement sur mon lit et ça m'a fait un petit pincement au cœur. Je sais que je suis trop grand pour jouer avec des peluches, mais cette tortue, c'est un truc de quand j'étais petit. J'y tiens aussi, comme les moulages. Il fallait que je fasse un effort. De toute façon, Igor ne me laissait pas vraiment le choix. Il tenait la peluche serrée contre lui.

Il n'était que 9 heures du matin, il faisait déjà chaud, et quand j'ai pensé à la journée qui m'attendait, je me suis dit que ce serait vraiment la plus longue de toute ma vie…

Je suis resté un moment debout, à regarder vaguement Igor qui commençait à martyriser la tortue, en me disant que la vie avec Maman avait pris un drôle de tournant depuis qu'elle avait trouvé ce nouveau travail. Elle avait toujours l'air d'être branchée sur une prise électrique, elle parlait plus vite, elle mangeait plus vite, et moi aussi, je devais tout faire à cent à l'heure. Ce n'est pas très agréable d'être toujours pressé. Ça donne l'impression qu'on a un train à prendre, sauf qu'on ne va jamais nulle part.

J'ai dévisagé Igor, il était prêt à tordre le cou à la tortue et là, je ne sais pas ce qui m'a pris, mais je la lui ai arrachée des mains et j'ai dit : « Igor, ça suffit ! » Il m'a regardé d'un air inquiet puis il s'est jeté par terre en hurlant.

Les cris se sont arrêtés subitement. Ouf ! Mais quand je me suis baissé pour le relever, il était rouge et un son mille fois plus puissant que les autres est sorti de sa petite bouche. J'ai couru à la cuisine, j'ai tourné un moment sur moi-même. Peut-être qu'il fallait que je mette la tête d'Igor sous l'eau froide... J'avais vu ça dans un film, un jour. J'ai finalement décidé de prendre un verre d'eau. Quand je suis revenu, Igor était assis et pleurait lamentablement. Je lui ai tendu le d'eau, mais il n'en a pas voulu.

Alors j'ai mis de l'eau dans ma bouche et j'ai commencé à faire des glouglous bruyants. Il s'est arrêté de chouiner, ça avait l'air de l'intéresser. J'ai essayé de cracher l'eau en l'air comme une baleine et tout m'est retombé sur la figure. Igor s'est mis à rire, puis a crié :

« Boire ! Boire ! » Il a levé la main et je l'ai aidé à porter l'eau à ses lèvres. Puis il a tout craché et s'est remis à rire de plus belle.

Il n'était pas encore 10 heures. À ce rythme-là, je ne voyais pas comment j'allais occuper la journée tout entière. Bon. Igor m'a encore demandé à boire et il a encore craché. Le verre d'eau, ça pouvait faire diversion un moment, mais il ne s'agissait pas de saccager l'appartement.

Pendant que je rapportais le verre à la cuisine, Igor a entrepris d'ouvrir les cartons. Il a précisément trouvé celui dans lequel Maman avait rangé tous les médicaments. Ça, ça n'allait pas être possible. J'ai porté le carton dans la salle de bains et je l'ai posé tout en haut du meuble. Quand je suis revenu, il en ouvrait un autre. J'ai regardé ce qui pouvait être dangereux et je suis tombé sur la paire de ciseaux. Allez hop, pareil, j'ai pris les ciseaux, l'ouvre-lettre et le cutter et je suis parti tout ranger dans un meuble de la cuisine vu qu'on n'avait pas encore monté les meubles du salon. J'ai rejoint Igor au moment où il terminait un beau dessin sur le mur tout blanc, près de l'entrée, avec un gros feutre noir. Je me suis demandé si cet enfant n'avait pas des super-pouvoirs. Comme la capacité de se téléporter ou d'inventer en un millième de seconde des bêtises supersoniques. Mais au fond, on avait trouvé un jeu. Il ouvrait les cartons et moi, au fur et à mesure, je rangeais leur contenu, ou, du moins, je plaçais les bons objets dans les bonnes pièces.

Tout à coup, il y a eu un grand rayon de soleil dans l'appartement et c'était comme un petit signe joyeux que m'envoyait Maman. D'ailleurs, Titi s'est mis à chanter, et Igor s'est immobilisé. Titi, c'est notre oiseau, un canari que Maman adore et avec lequel elle a de grandes conversations. Enfin, des conversations à base de sifflements, essentiellement, car Maman siffle très bien et que les oiseaux, aux dernières nouvelles, ça ne parle pas.

L'air de rien, à nous deux, on avait déjà réussi à faire diminuer le tas de cartons. Igor, ça a dû le fatiguer parce qu'il s'est remis à chouiner. Je l'ai soulevé. Cet enfant devait peser au moins une tonne. Il a dit :

– Bébé, bébé.

– Mathieu, je lui ai répondu. Je m'appelle Mathieu. Toi, Igor. Moi, Mathieu.

– Mateu ! Mateu !

Il a posé sa tête sur mon épaule, puis j'ai senti une odeur pas très ragoûtante. Là, j'ai vite compris. Les choses se corsaient ! J'ai regardé dans son pantalon. Pouah ! C'était plein de caca et ça lui remontait jusqu'en haut des fesses. Ni une ni deux, je l'ai emmené dans la salle de bains, je lui ai enlevé son pantalon et sa couche, et je l'ai assis sur le bidet. Franchement, les mères et les pères de famille, ils sont drôlement courageux ! Pour nettoyer du caca, il faut vraiment qu'il appartienne à quelqu'un qu'on aime par-dessus tout. J'ai bien laissé couler l'eau, je lui ai savonné les fesses, pareil avec mes mains – plutôt quatre fois qu'une – et je me suis souvenu que, dans le sac, je n'avais pas plus aperçu de couche que de soucoupe volante. J'ai été chercher un paquet de coton. Igor m'avait suivi, cul nu, et il paraissait très satisfait de sa situation. Tellement satisfait qu'il a fait pipi sur la moquette. Je l'ai attrapé d'une main, j'ai trouvé sa culotte de l'autre et j'ai glissé dedans tout le paquet de coton. Combien de fois ça pouvait faire caca et pipi un enfant de cet âge ? Le coton, il n'y en aurait plus pour la suite, j'étais bon pour le supermarché.

2
Couche-poursuite

Dans la rue, on allait à peu près aussi vite que des escargots asthmatiques. Au supermarché, j'ai posé Igor dans un Caddie. Un, c'était beaucoup plus facile et, deux, je me souvenais combien j'avais aimé ça, être transporté dans un chariot à roulettes. J'ai rapidement trouvé le rayon des couches, mais quand je me suis approché des paquets, je n'ai plus rien compris. Des marques, il devait y en avoir deux cent cinquante et, dessus, on ne lisait pas des âges, mais des poids. C'était complètement idiot ! J'ai subitement eu une idée fantastique et j'ai couru avec le Caddie. Igor riait et c'était agréable ce petit rire. Au rayon fruits et légumes, je l'ai pris dans mes bras et je l'ai posé sur la balance. Je n'avais pas bien regardé autour de moi et je me suis fait drôlement sermonner par le vigile. C'est bête, je n'avais même pas eu le temps de lire son poids.

De retour au rayon couches, une maman a fini par pointer le bout de son nez.

– Bonjour madame, vous pourriez me dire quelle sorte de couches je dois acheter pour mon petit frère ? Ma mère me l'a dit, mais j'ai oublié.

Elle a regardé Igor avec un regard pénétrant, puis elle m'a dit :

– Il doit bien faire ses douze ou treize kilos. Tiens, tu n'as qu'à prendre ça.

– Merci beaucoup, lui ai-je répondu en attrapant le paquet. Vraiment, vous êtes super.

La dame a ri et elle a ajouté :

– C'est toi qui es super d'aider tes parents à faire les courses !

Je me suis senti très fier et j'ai filé à la caisse en frimant un peu.

Dehors, on a fait un détour pour acheter du pain parce que avec les vacances, il n'y avait qu'une seule boulangerie ouverte dans le quartier. Igor s'est tenu bien sage malgré les bonbons du présentoir qu'il avait sous le nez. Là, il m'a épaté. Puis on est passés devant le parc qui regorgeait de fleurs. Igor m'a tiré par la main, j'ai hésité un moment, mais le parc, c'était une bonne idée pour faire passer un peu le temps. Igor s'est précipité dans le bac à sable en riant. En deux minutes, il avait fait la connaissance d'autres enfants. Il ne lui a fallu que deux minutes supplémentaires pour s'en faire des ennemis. Il leur avait arraché des mains les seaux, les pelles, les moules et tous les jouets gisaient autour de lui. Les autres enfants, apeurés, ne savaient plus quoi faire pour se défendre et quand ils ont voulu récupérer leurs biens, Igor s'est mis à leur jeter du sable à pleines mains.

Une mère s'est ruée vers lui et l'a grondé. Moi, ce petit monstre, j'ai fait comme si je ne le connaissais pas. J'ai lâchement regardé ailleurs. Personne n'est parfait. La mère a pris son petit et ils sont partis. Igor s'est alors précipité vers un toboggan beaucoup trop grand pour lui. Je l'ai vu attraper l'échelle et, là, je n'ai pas eu d'autre choix que de l'en empêcher. Mais il s'agrippait si fort aux barreaux que j'ai dû monter avec lui. À mon âge, sur ce toboggan, je n'avais pas l'air très malin. C'est là, évidemment, que les deux grands qui habitent sur le même palier m'ont repéré. Déjà que j'avais l'impression qu'ils me méprisaient… Je suis redescendu par l'échelle avec un air digne. Le temps que je retourne m'asseoir sur mon banc, Igor avait disparu. J'ai exploré tous les jeux, personne. Mon cœur s'est emballé, j'ai tout de suite imaginé les conséquences… Je suis entré dans les bosquets, je me suis égratigné partout. J'ai traversé le bac à sable et derrière un grand platane, je l'ai enfin vu courir. Je l'ai saisi d'une main ferme et il s'est mis à pleurer. Je l'ai traîné jusqu'à la sortie.

– Eh ben, alors, faut pas le traiter comme ça, ton petit frère, m'a dit un homme.

« Je n'ai pas de petit frère ! », ai-je eu envie de crier.

Dans la rue, Igor ne voulait pas marcher. Je l'ai pris dans mes bras pour le porter mais, au passage piéton, je n'en pouvais déjà plus.

– T'es trop lourd. Je suis trop petit. S'il te plaît, marche ! On est bientôt arrivés.

Igor a reniflé, mais il ne bougeait toujours pas. Je lui ai donné un bout de pain. Il l'a goulûment mis dans sa bouche. Et il m'a suivi. Peut-être qu'il avait faim.

3
Le 5ᵉ à la rescousse

Dans la cuisine, je me suis demandé ce que ça pouvait bien manger un enfant de cet âge. Je me suis accroupi au niveau d'Igor et j'ai regardé s'il avait des dents. Il en avait quelques-unes. Est-ce que c'était suffisant pour le poulet rôti ? Je me suis souvenu de la voisine de Caroline et d'Igor, une vieille dame qu'on avait croisée plusieurs fois. Elle pourrait peut-être m'aider. Igor s'était endormi au milieu des cartons avec la tortue et je suis sorti sans faire de bruit. J'ai grimpé jusqu'au cinquième. Madame Parsky, la vieille dame, m'a ouvert.

– Bonjour madame, vous vous souvenez de moi ? J'habite au rez-de-chaussée.
– Mais oui, bien sûr.
– Je m'occupe d'Igor votre petit voisin et je me demandais si je pouvais lui donner à manger du poulet ou du jambon ?
– C'est quoi comme poulet…
– Heu…
– Tu sais, mon petit poulet, les poulets, ça s'appelle des gallinacés. Les poules aussi. Tiens, regarde, dans la boîte, il y a des bonbons.

– C'est gentil, mais… Qu'est-ce que je lui donne à manger ? Il a quelques dents, mais je ne sais pas si c'est suffisant pour manger comme moi.

– Ah ! Si les poules avaient des dents, elles mangeraient du steak. Et alors, je ne suis pas sûre qu'elles pondraient des œufs. Tu me suis ? m'a demandé la vieille dame.

C'est à ce moment-là que j'ai compris que madame Parsky avait un petit problème.

– Bon, merci madame. À bientôt.

– Au revoir, mon petit, tu reviens quand tu veux.

Je me suis retrouvé dans l'escalier avec le sentiment d'être un idiot complet. Au quatrième, j'ai croisé un homme qui sortait de chez lui. Je me suis mis un coup de pied aux fesses, imaginaire, pour aller lui parler.

– Pardon monsieur, je garde un petit et je me demandais s'il pouvait manger du poulet ou du jambon ?

– Un petit, grand comment ?

Avec la main, je lui ai montré où il m'arrivait.

– Grand comme ça. Et il pèse dans les douze, treize kilos. Ah ! Et il a quelques dents aussi.

– Hum. Il doit avoir dans les deux ans, alors. Y a pas de problème, il mange comme toi. Mais fais des petits morceaux.

– Ah ! Merci ! Merci beaucoup.

– Tu as emménagé au rez-de-chaussée, c'est ça ?

– Oui.

– Alors, bienvenue ! Et à bientôt !

L'homme a filé dans l'escalier, mais je n'étais pas seul pour autant. Au-dessus, j'ai senti une présence. J'ai levé la tête et j'ai remarqué un homme, de dos, qui avait l'air d'écouter. Je suis redescendu vite fait. J'ai pensé qu'il valait mieux que je sois chez moi. L'été, on dit que c'est la saison des cambriolages. Les appartements sont vides…

Quand je suis arrivé devant ma porte, j'ai senti mon sang descendre subitement au bout de mes pieds. J'avais oublié la clé.

4
Panique au rez-de-chaussée

Les larmes sont montées instantanément. Je me suis senti tout mou. J'en voulais à Maman, à Caroline, à Igor, à la vieille dame, à la terre tout entière et, surtout, je me suis détesté. Je n'étais qu'un bon à rien, les garçons d'à côté avaient bien raison de se moquer de moi. Le couloir était plongé dans le noir. J'ai collé mon oreille contre la porte, il n'y avait aucun bruit. Mais qu'allait-il se passer quand Igor se réveillerait ? Il allait avoir peur, tout pouvait arriver. J'ai essayé de réfléchir. Il n'y avait pas de concierge. Je ne connaissais pas de serrurier. Et puis tout à coup, j'ai couru jusqu'à la porte de derrière. Je pouvais peut-être passer par la cour.

Dehors, le soleil brillait fort, j'ai été aveuglé par la lumière. J'ai fait le tour de nos fenêtres, mais je me suis souvenu que je les avais toutes fermées, à cause d'Igor. Avec les idées qui lui traversaient la tête, il aurait été capable

d'en enjamber une et de basculer dehors. Il ne me restait qu'une solution : trouver quelque chose de dur pour casser une vitre. J'ai croisé un des grands garçons qui avait toujours l'air de me détester. Plus loin, sur le rebord d'une fenêtre, quelqu'un avait posé une série de pierres magnifiques, un fossile énorme et une rose des sables. J'ai choisi un gros galet avec un trou au milieu, tout lisse et bien lourd. J'ai retiré mon tee-shirt et je me suis enveloppé la main avec. Ça aussi je l'avais vu faire dans un film. Comme quoi, le cinéma, ça vous apprend des choses. J'ai collé ma tête contre le carreau pour regarder si Igor se trouvait dans les parages, puis j'ai donné un grand coup. La vitre s'est cassée, j'ai retiré les morceaux avec précaution. Et, enfin, je suis entré.

Je suis tout de suite allé voir si Igor dormait toujours. Mais il n'était plus dans le salon. J'ai entendu des bruits d'eau et j'ai compris qu'il s'était rendu à la salle de bains. L'eau du bidet coulait à gros bouillons, il y en avait partout. J'ai fermé le robinet. Et dire qu'à un moment j'avais cru qu'avec un peu de chance la journée pourrait se passer tranquillement…

J'étais en train de balayer les morceaux de verre quand j'ai vu quelqu'un me regarder par la fenêtre. C'était un grand garçon tout maigre. Il devait avoir dans les vingt ans. Il ressemblait à la silhouette que j'avais aperçue dans l'escalier.

– Qu'est-ce que tu fais là ! Je vais appeler la police, moi !

– Mais… C'est chez moi…

– Ah oui ! Et qu'est-ce qui me le prouve ?

– Ben…

– Ils t'auraient laissé tout seul, tes parents ?
– En fait…
– T'as pas intérêt à sortir d'ici ! Sinon… Tu vas voir ! m'a-t-il dit, l'air menaçant.

Il continuait à me regarder d'un air mauvais. Une idée m'a traversé l'esprit. J'ai été prendre le téléphone de Maman et je me suis mis devant la fenêtre. J'ai commencé à parler très fort en espérant que le garçon pourrait m'entendre.

– Papa ? T'arrives ? Super ! T'as fini le match ? T'as gagné par K.-O. ! C'est génial ! Oui, je t'attends, je ne bouge pas. À tout de suite.

Je me suis caché derrière le tas de cartons en me demandant si mon stratagème allait fonctionner. J'ai attendu un peu. Peut-être que le garçon allait disparaître.

En sortant de ma cachette, j'ai sursauté. Par la fenêtre cassée, deux yeux me dévisageaient. Les yeux d'une fille que j'avais déjà croisée dans l'immeuble.

– T'as cassé un carreau ?

Je me suis approché d'elle. Le grand maigre n'était plus là.

– Oui, j'étais enfermé dehors. J'avais oublié la clé et ma mère n'est pas là.

– Oh ! Et tu t'es pas fait mal ?

– Non, je me suis protégé.

– Je peux entrer ?

J'ai ouvert la fenêtre en grand et la fille s'est glissée dans l'appartement. Elle était aussi agile qu'un chat.

– Je m'appelle Lilia.

– Moi, c'est Mathieu.

– Et lui, c'est ton petit frère ?

– Non, c'est Igor. C'est le fils de Caroline. Elle habite au cinquième étage.

– Tu le gardes ? me demanda-t-elle avec un brin d'admiration dans la voix.

– Ouh, là, là ! Oui, si on veut.

Je suis allé ranger la balayette tout en racontant l'histoire à Lilia qui n'en revenait pas.

– Eh ben ! Quelle aventure ! T'aurais pu venir chez nous, on t'aurait aidé.

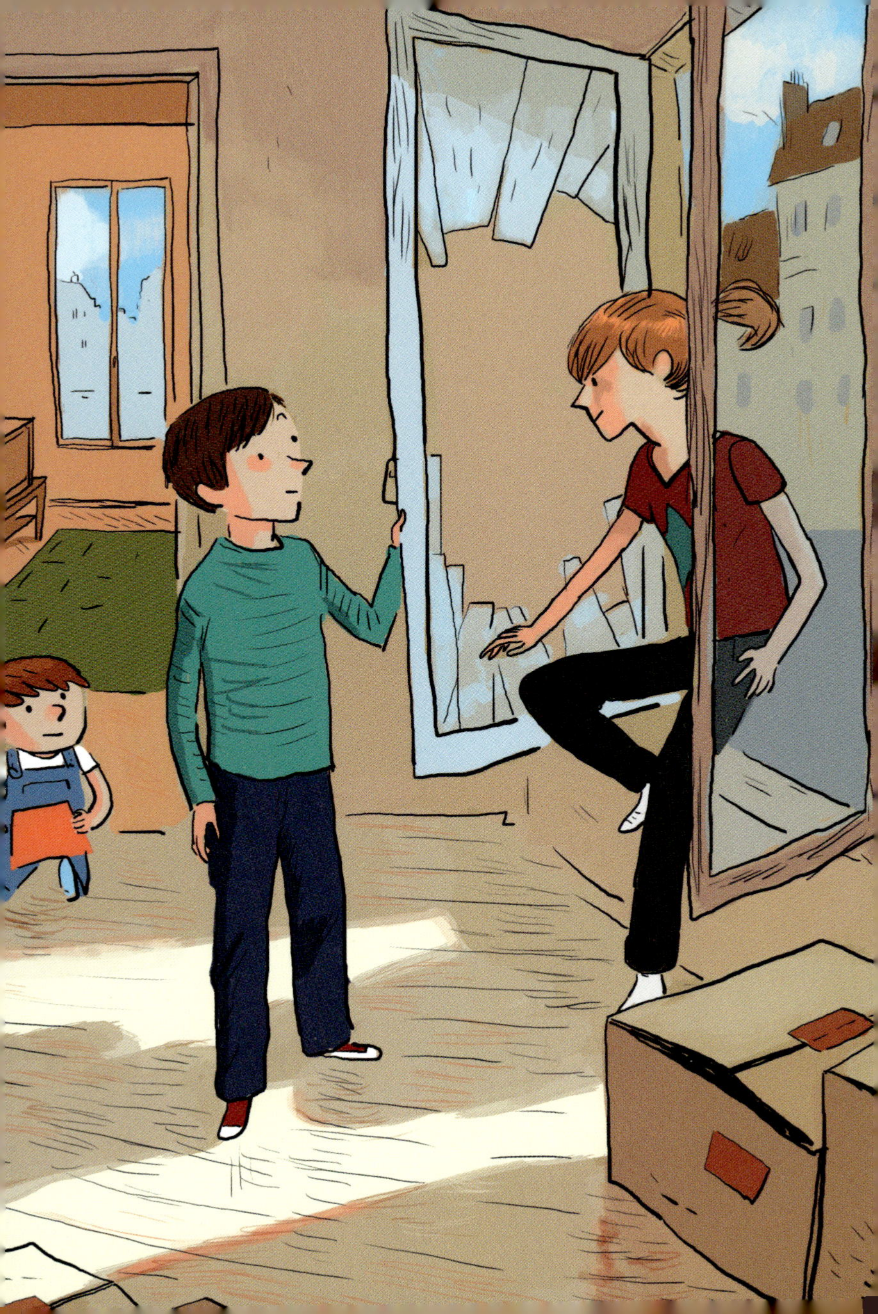

Et je comprends soudain qu'elle doit être la petite sœur des deux garçons qui me détestent.

– T'as déjà dû voir mes frères, on peut pas les rater. Dis donc, tu l'as fait manger, Igor ? Il a l'air tout fatigué.

– C'est-à-dire que…

Je n'ai même pas le temps de finir ma phrase que Lilia est en train de regarder dans le réfrigérateur.

On prépare le repas en vitesse et on s'installe dans le salon, par terre, comme si on pique-niquait. Igor dévore en s'en mettant un peu partout.

– Faudra penser à le changer, me dit Lilia. Il ne sent pas très bon. Hein, Igor… Caca ?

– Caca ! Caca ! répond Igor, ravi.

Et Lilia se met à rire en lui chatouillant le menton.

Quelques minutes plus tard, on se retrouve dans la salle de bains en train de changer Igor. Pas très romantique comme situation.

– Tes parents ne vont pas s'inquiéter ? dis-je à Lilia.

– Mon père est parti en mission et ma mère s'occupe de ma grand-mère. Ce sont mes frères qui me gardent, mais ils m'énervent. Ce sont des brutes.

« Je suis d'accord », suis-je sur le point de répondre, mais je m'abstiens.

– Tu sais, c'est pas toujours facile d'avoir des frères. Surtout des grands.

– Les petits non plus, dis-je. Même une journée !

– T'es fils unique ?

– Oui.

– Le rêve ! Oh ! Regarde ! s'écrie Lilia.

Titi était sorti de sa cage et voletait dans l'appartement.

– Lilia ! aide-moi. On doit absolument l'attraper !

Igor l'a vu et bat des mains en courant. Il surmonte les obstacles avec une habileté étonnante, tout son petit corps tendu vers la boule de plumes jaunes. Lilia s'est emparée d'un balai et tente de faire descendre Titi qui a trouvé refuge sur les fils électriques qui pendouillent du plafond.

– LILIA ! LILIA !

Je reconnais la voix d'un de ses frères derrière la porte.

– Ouvre, me dit-elle, tandis que l'oiseau se pose sur le tas de cartons, presque à notre portée.

– Elle est là ? me demande le frère de Lilia.

Et j'ai juste le temps de voir Titi s'envoler par la fenêtre.

– Non ! ai-je crié.

– Qu'est-ce qu'il se passe ? demande-t-il.

– C'est l'oiseau de sa mère, dit Lilia.

– Et elle est où, sa mère ?

– Partie.

– Et le petit, là, c'est qui ?

– Le fils de la voisine.

– Et elle est où, celle-là ?

– Elle accouche.

– Eh ben ! Mon pauvre, me dit le grand. C'est pas ton jour !

Il se tourne vers l'entrée et crie :

– Chana ! Viens voir, vite ! On a besoin d'aide. Ah, au fait, moi, c'est Bassu ! Bassu ! Hein ! pas Bossu ! Celui qui m'appelle Bossu, c'est moi qui lui fais des bosses !

– Salut. Moi, c'est Mathieu.

– Bon, on va voir si on peut rattraper cet oiseau.

Les deux garçons sortent et commencent à inspecter la cour. Lilia, Igor et moi, on les suit, portant la cage.

Bassu et Chana ont repéré Titi dans l'arbre, immobile. Ils s'empressent d'aller chercher l'échelle dans le local à poubelles et la posent contre le tronc.

Sans un bruit, Chana grimpe. Il est aussi agile que sa sœur, ça doit être de famille. Mais une fois arrivé au niveau de la branche, Titi s'envole. Je le vois monter dans le ciel, passer au-dessus des toits et disparaître. « Non ! C'est pas possible ! », crie une petite voix à l'intérieur de moi.

5
Voisins, voisines

Chana et Bassu se tiennent devant moi, l'air embêté. J'ai envie de pleurer, mais je me retiens.

– On peut aller en acheter un autre ! C'est une bonne idée, ça !

– Oh ! Elle s'en apercevra, dis-je d'une voix tremblotante.

Je me sens désespéré. Devant moi, la fenêtre est refermée, cassée. Soudain, je repense au grand maigre.

– Et puis c'est pas tout, dis-je.

Et alors, je leur raconte l'histoire du garçon qui m'a menacé.

– C'est un sale type, il s'appelle Patrice, me dit Bassu. Il se prend pour un petit caïd. On s'est déjà embrouillés avec lui. Écoute, tu viens à la maison et on ferme ici. D'accord ?

– Et le carreau cassé ?

– On ferme le volet, dit Lilia. Tous les volets. Et je pense à Titi. Perdu. À ma mère. Partie.

– Si ma mère appelle, elle va s'inquiéter.

– On va changer le message du répondeur. On va laisser notre numéro de téléphone. Elle t'appellera chez nous.

Je prends le téléphone et je m'aperçois que Maman a essayé de me joindre. Ça devait être ce matin quand nous sommes partis au supermarché. J'écoute le message puis je raccroche, le cœur un peu serré, et j'enregistre la nouvelle annonce avec le numéro de Lilia.

Maintenant, nous sommes tous les cinq chez Chana, Bassu et Lilia. Igor s'est endormi dans le canapé. Avec Lilia, nous lisons ensemble une vieille BD. L'odeur du papier se mélange à celle de ses cheveux, c'est si agréable... J'entends les deux frères discuter et ça me donne l'impression d'appartenir à une grande famille. Avec ma mère, on est deux. Deux, ce n'est pas vraiment une famille. Deux, c'est une paire, c'est un couple. Trois, déjà, c'est mieux. Une famille de trois, ça marche.

Je veux bien être le petit frère de Chana et Bassu, mais pas celui de Lilia. Si c'était ma sœur, on ne pourrait pas être…

– T'as un pyjama pour ce soir ? me demande Lilia.

– Je vais chercher des affaires…

– T'as ta clé ?

– Oui, cette fois !

En repartant de chez moi, j'entends des bruits dans l'escalier. Je dévisse mon cou pour regarder et j'ai le temps d'apercevoir une ombre. Un pressentiment me pousse à monter jusqu'au cinquième. Je me demande si madame Parsky a refermé sa porte depuis mon passage, ce matin. Non, la porte est entrouverte. Je jette un coup d'œil. Le grand maigre furète dans le couloir de la vieille dame. Je redescends les marches quatre à quatre le plus silencieusement possible.

J'entre en trombe chez Lilia.

– Il est là ! Il est chez madame Parsky !
– Qui ?
– Le grand maigre ! Patrice ! Il connaît madame Parsky ?
– Je ne crois pas, dit Lilia.
– On y va ! dit Bassu.
– Bassu, il adore se battre, dit Lilia qui fait semblant de ne pas avoir peur.

Ils disparaissent dans l'escalier, sans faire un bruit. Lilia va chercher Igor et, à notre tour, nous montons discrètement. Même Igor se tient coi. Nous trouvons Bassu et Chana dans l'entrée de madame Parsky. Nous avons juste le temps de voir la porte du salon qui se referme.

Les deux garçons s'y précipitent. Et tandis que j'entends des bruits sourds, madame Parsky fait irruption, en robe de chambre.

– Bonjour madame, excusez-moi de vous déranger…

– Mais tu ne me déranges pas, mon petit poussin. Comment tu vas depuis ce matin ?

– Bien, merci.

– Et il y a même Lilia ! Et ce petit, comme il est joli ! C'est gentil de me faire une visite. Vous voulez du thé ?

Dans le salon, on entend des bruits bizarres. Quelque chose tombe par terre et madame Parsky tend l'oreille.

– Tiens ! Y a quelqu'un ?

– Ce sont mes frères, dit Lilia.

– Ah ! Chana et Bassu ! C'est vraiment une surprise ! dit la vieille dame.

Madame Parsky, souriante, ouvre la porte du salon. Et devant nous, le grand maigre apparaît, ceinturé par les garçons.

– Bonjour madame ! disent les frères, en chœur.

— Tiens ! Je le connais aussi celui-là, dit madame Parsky en montrant le voleur.

— C'est Patrice. Il s'est trompé d'appartement, dit Bassu.

— Hein, Patrice ! Tu t'es trompé ! Mais maintenant, tu sais que t'habites pas là. Alors, tu vas pas revenir ! dit Chana.

– Qu'est-ce qu'il se passe ici ? dit une voix d'homme.

C'est le monsieur du quatrième que j'ai croisé ce matin.

– C'est ce garçon qui s'est trompé d'appartement, dit madame Parsky. Vous prenez le thé avec nous ? Ou un petit alcool ?

L'homme nous regarde, l'air interrogatif, et Bassu enchaîne :

– Oui, il s'est trompé, vous voyez ce qu'on veut dire ?

– Tout à fait, dit l'homme sur un ton désapprobateur. C'est une information qu'on va faire circuler. Monsieur… comment ?

– Patrice Lenôtre…, dit Chana.

– Monsieur Lenôtre a la fâcheuse habitude de se tromper d'appartement. En cas de récidive, veuillez appeler la police.

L'homme se tourne vers nous et ajoute :

– Madame Parsky, si vous le voulez bien, vous allez me donner un double des clés et le soir je vérifierai que votre porte est bien fermée.

– Très bien, dit la vieille dame en souriant. Et maintenant asseyez-vous !

Patrice file dans l'escalier. Nous obéissons tous comme si madame Parsky était notre institutrice. Elle revient bientôt avec des petits gâteaux secs qu'elle fait circuler. Je tombe sur un gâteau sec plutôt mou. Je le glisse dans ma poche. L'homme du quatrième étouffe un fou rire.

– Hum, délicieux, dit-il.

– C'est moi qui les ai faits, dit madame Parsky, fièrement.

– L'année dernière…, murmure Bassu.

Et Lilia se met à rire d'un rire cristallin qui nous entraîne tous. Madame Parsky a rajeuni de vingt ans.

– Ah ! C'est bien bon d'avoir de la visite ! dit la vieille dame.

Nous sommes enfin au calme. Lilia a fait couler un bain avec de la fleur d'oranger, Igor y a barboté un bon quart d'heure et s'est endormi immédiatement après. Moi, je suis en pyjama et je sens bon. Lilia coiffe ses cheveux, assise en tailleur. Les deux frères sont accrochés à leurs téléphones portables et racontent l'histoire pour la vingtième fois.

– Viens, on va dormir. Je t'ai mis un matelas à côté du mien.

– Mat ! Ta mère au téléphone ! crie Chana.

Je dis à Maman que tout va bien et que je passe la nuit chez les voisins. Demain, il sera bien temps de lui raconter ma folle journée, mais maintenant je n'ai qu'une envie : dormir. Dormir à côté de Lilia, pour être plus précis.

6
Un immeuble en or

Au matin, quand Maman débarque, Chana l'invite à boire un café avec nous et Lilia fait les présentations.

– C'est gentil de vous être occupés de lui, dit-elle à Bassu.

– Mais c'est lui qui s'est occupé de nous ! De tout l'immeuble, même !

– Vous reprenez le petit ? lance Chana.

– Ah ! Igor ! Ben oui ! dis-je.

– Qu'est-ce qu'il fait là, lui ? demande Maman, interloquée, en l'apercevant.

– Je te raconterai…

On rentre chez nous, le salon est toujours plongé dans le noir. Maman tient Igor dans ses bras.

– Alors ? dit-elle en allumant la lumière. Tu me racontes ?

Elle s'apprête à ouvrir les volets. Je repense à Titi. J'essaie de gagner du temps en la faisant parler.

– Non, toi !

Elle pose Igor par terre et, l'entendant pleurnicher, lui glisse la tétine entre les lèvres. Il se calme immédiatement. Dans la pénombre du salon, Maman me raconte son séminaire. Elle a vraiment l'air très heureuse et confiante.

– Je crois que je suis tombée dans une bonne équipe ! dit-elle.

– Moi aussi ! dis-je en pensant à Chana, Bassu et Lilia.

Maman ouvre les volets.

La lumière entre dans la maison. C'est un jour tout nouveau, tout clair.

– Regarde, me dit-elle à voix basse.

Et je vois Titi posé sur le rebord de la fenêtre. Maman sifflote, l'oiseau lui répond en tournant la tête vers elle. Puis il entre par le carreau cassé et va se poser sur sa cage. Alors, je lui avoue qu'on a failli le perdre, puis je lui raconte tout le reste. Je vois les yeux de Maman qui s'agrandissent.

– T'as été un chef ! dit-elle, admirative.

Tout à coup, je me sens fort et grand. Maman me prend dans ses bras en riant puis nous regardons le bazar du salon. J'ai l'impression qu'une nouvelle vie commence.

– On va être bien, ici… quand on aura rangé tout ça. Allez ! Au travail !

La porte d'entrée grince et la tête de Lilia apparaît.

– Je peux vous aider ?

– Ah, oui ! dit Maman. Tu sais monter une bibliothèque ?

– Heu… non… Mais je sais plier les vêtements !

Maman et Lilia sont déjà en train de s'activer, lorsque je vois Chana et Bassu s'avancer vers nous.

– Moi, je sais monter une bibliothèque ! dit Chana.

– Et moi, je peux vous brancher l'ordinateur et la télé, dit Bassu.

– Bienvenue ! s'écrie Maman.

Ils se mettent aussitôt en quête de tournevis et de multiprises, tout en essayant de ne pas renverser Igor qui joue au milieu du salon.

Nous sommes plongés dans le rangement quand madame Parsky entre, un grand panier sur son bras.

– On m'a dit que ta maman était rentrée. J'ai pensé qu'elle n'avait pas eu le temps de faire des courses. Je vous ai préparé une spécialité !

Sur la table qui a enfin trouvé une place dans le salon, madame Parsky pose deux plats et un grand saladier. Ce qu'il y a dedans ne ressemble à rien de connu. Chana, Bassu, Lilia et Maman me regardent avec des yeux ronds. Puis nous éclatons de rire.

– C'est bien bon d'avoir de la compagnie ! s'écrie madame Parsky.

– C'est ici, la livraison ?

Derrière un immense matelas, j'ai reconnu la voix du monsieur du quatrième.

– Oui ! répond ma mère.

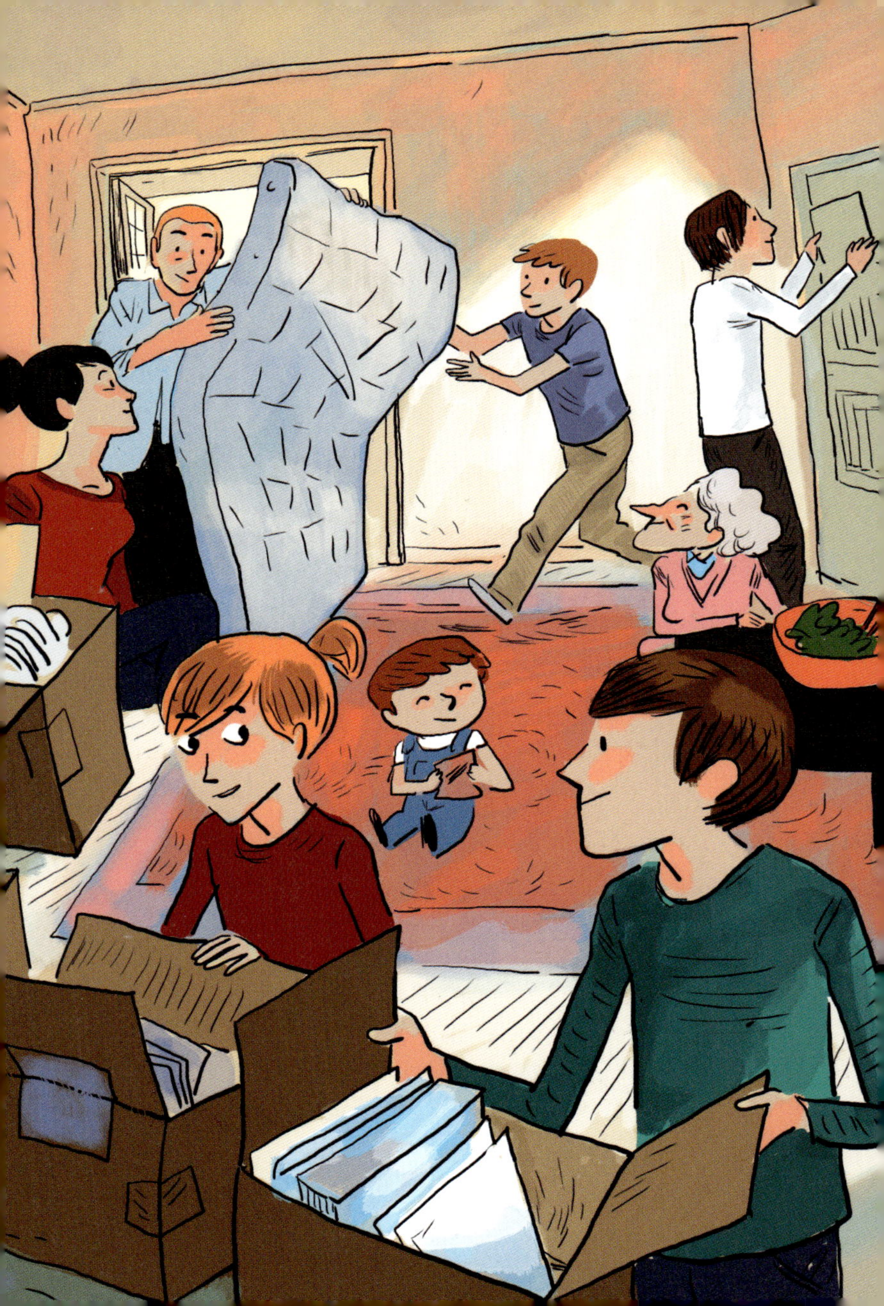

Les garçons se précipitent pour l'aider. Je crois que maintenant on est au complet ! Le téléphone sonne.

– Lucie ! crie ma mère en agitant le téléphone devant nous, comme si ça pouvait nous aider à comprendre quelque chose. La petite sœur d'Igor s'appelle Lucie ! L'accouchement s'est bien passé. Elles sont en pleine forme !

J'avais complètement oublié ce petit détail. Quand Lucie sera plus grande, je lui raconterai ma folle journée et puis je pourrai la remercier car, au fond, c'est grâce à elle que nous sommes tous réunis.

J'AIME LIRE

Tu as aimé ce livre ?
Découvre d'autres histoires pour rire et t'émouvoir...

J'AIME LIRE — Joyeux anniversaire ! — Jennifer Dalrymple • Jacques Azam

J'AIME LIRE — La lettre mystérieuse — Véronique Massenot • Aurélie Guillerey

J'AIME LIRE — Les bestioles — Michelle Montmoulineix • Mélanie Allag

Encore de lecture

J'AIME LIRE — Défi d'enfer — Yaël Hassan • Colonel Moutarde

J'AIME LIRE — Le secret de Vita — Kerstin Lundberg Hahn

J'AIME LIRE — Joyeux anniversaire, sale Matou ! — Nick Bruel

64 pages — 144 pages — 160 pages

DÉCOUVRE L'UNIVERS DE **J'AIME LIRE** SUR WWW.JAIMELIRE-LESLIVRES.FR

| ACCUEIL | ACTUS | LES LIVRES | LES AUTEURS | LES HÉROS | JOUE AVEC LES HÉROS |

J'AIME LIRE C'EST DES JEUX MAIS AUSSI DES MARQUES-PAGES

LES ACTUS

LE MOT INTERDIT
6 juin 2013

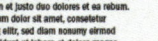

Lorem ipsum dolor sit amet, consetetur sadipscing elitr, sed diam nonumy eirmod tempor invidunt ut labore et dolore magna aliquyam erat, sed diam voluptua. At vero eos et accusam et justo duo dolores et ea rebum. Lorem ipsum dolor sit amet, consetetur sadipscing elitr, sed diam nonumy eirmod tempor invidunt ut labore et dolore magna aliquyam erat, sed diam voluptua...

▶ LIRE LA SUITE

LES NOUVEAUTÉS

- Fiche détaillée + PDF — À nous l'Amérique! 14/12/2013
- Fiche détaillée — À nous l'Amérique! 14/12/2013
- Fiche détaillée — À nous l'Amérique! 14/12/2013

🔍 rechercher

LES THÈMES

- AVENTURE
- HUMOUR
- VIE QUOTIDIENNE
- FRISSON
- CONTE
- TOUS LES LIVRES

LIRE UN PREMIER CHAPITRE (PDF) ▶

LES MARQUES-PAGES

Sale Matou prend un bain

TOUTES LES VIDÉOS

TU AS AIMÉ CE ROMAN ?
DÉCOUVRE LE MAGAZINE
DLiRE

Dialogue avec la rédac' sur blog.dlire.com

Tous les mois chez ton marchand de journaux
ou par abonnement sur **www.dlire.com**